LES MONSIEUR MADAME
et les chevaliers

LES MONSIEUR MADAME
et les chevaliers

Roger Hargreaves

Écrit et illustré par Adam Hargreaves

hachette
JEUNESSE

Monsieur Malpoli était très excité.

Il se rendait chez un ami très important…
un chevalier !

Cet ami chevalier s'appelait monseigneur Lance.
Il vivait dans un château fort (normal pour un chevalier)
et il avait invité tous ses amis pour un tournoi annuel
qui devait avoir lieu le lendemain.

Juste au moment où monsieur Malpoli allait passer au-dessus des douves, le pont-levis commença à se lever.

– Stop ! avertit monsieur Malpoli.

Mais le pont-levis continua de se relever… car c'était monsieur Méli-Mélo qui dirigeait les opérations.

Si monsieur Malpoli avait crié « Allez-y ! », alors peut-être que les choses se seraient mieux passées, mais ce ne fut pas le cas.

Pauvre monsieur Malpoli ! Il tomba directement dans l'eau.

Sa visite commençait très mal.

Heureusement, un grand feu de cheminée crépitait
dans la salle de banquet et monsieur Malpoli
se sécha rapidement.

Monseigneur Lance avait dressé un immense buffet
ce soir-là, si bien que monsieur Malpoli et ses amis
se régalèrent tout en écoutant le ménestrel jouer des airs
entraînants et raconter des légendes passionnantes.

Dans la nuit, alors que tout le monde était parti
se coucher, madame Dodue se leva.

Est-ce que tu devines pourquoi elle se leva ?

C'est ça ! Elle avait faim.

Elle se mit à chercher la cuisine pour se préparer
un petit casse-croûte.

Mais le château était plein de tourelles, de passages
secrets et d'escaliers en colimaçon, si bien qu'elle
ne tarda pas à être complètement perdue !

Elle continua à descendre et à descendre encore jusqu'à ce qu'elle se retrouve malgré elle dans le cachot du château.

Il y faisait sombre et humide. C'était très effrayant... surtout quand un coup de vent referma la porte et que madame Dodue se retrouva enfermée pour le reste de la nuit.

C'est donc une petite madame Dodue frigorifiée et affamée qui fut découverte par un chevalier le lendemain.

Heureusement encore, c'était l'heure du petit déjeuner, ce qui lui redonna le sourire.

Une fois que chacun eut pris son petit déjeuner,
monseigneur Lance leur montra les armures
qu'ils devraient porter pour le tournoi.

Monsieur Curieux
ne parvint pas à trouver
un casque à sa taille.

Monsieur Petit non plus.

Pour monsieur Maigre, ce fut plus facile... bien que trop lourd.

Monsieur Tatillon refusa d'en porter un de peur que ça le décoiffe.

Quant à monsieur Méli-Mélo, il rencontra plusieurs autres problèmes.

Enfin, le tournoi débuta avec une épreuve de joute.

Monsieur Maladroit fut le premier à affronter
les chevaliers de monseigneur Lance.

Mais inutile de préciser que c'était
perdu d'avance !

Il tomba de son cheval avant même
d'avoir pu atteindre le terrain.

– C'est trop facile ! s'écria
monseigneur Lance. Y a-t-il
quelqu'un capable de
battre mes chevaliers ?

– J'y vais ! annonça monsieur Costaud.

– Vous devriez mettre votre armure ! conseilla
monseigneur Lance.

– Pas besoin ! répondit monsieur Costaud.

Et il avait raison ! Il était si fort que la lance du chevalier vert se brisa au contact de monsieur Costaud au moment où ils s'entrechoquèrent. Ainsi, monsieur Costaud remporta l'épreuve haut la main.

Le défi suivant fut un combat à l'épée.

Les chevaliers de monseigneur Lance refusèrent
à l'unanimité d'affronter monsieur Costaud.
C'est donc monsieur Chatouille qui se porta volontaire.
Il n'eut même pas besoin d'épée pour battre le chevalier
rouge et gagner l'épreuve.

S'ensuivit un concours de tir à l'arc. Les bras de monsieur Chatouille étaient bien trop longs pour manier un arc, si bien que madame Chance voulut tenter sa chance, même si c'était la première fois.

Elle atteignit le centre de la cible au premier tir.

– C'est la chance du débutant !
s'exclama monseigneur Lance.

Elle atteignit le centre de la cible au deuxième tir.

– Incroyable ! s'écria monseigneur Lance.

Puis, elle atteignit le centre de la cible au troisième tir.

– Je n'ai jamais vu quelqu'un d'aussi chanceux !
grommela monseigneur Lance.

– Moi si ! rit madame Chance.

Soudain, un messager traversa la foule.

– Dragon ! s'écria-t-il hors d'haleine.

– Oh ! Lequel de mes chevaliers pourra sauver mon royaume d'une telle créature ? demanda monseigneur Lance, effrayé.

Aucun de ses chevaliers ne fut assez courageux pour aller combattre le dragon.

– Je pense que monsieur Malpoli et ses amis devraient pouvoir nous sortir de ce mauvais pas. Ils ont été si brillants lors du tournoi, suggéra le chevalier jaune.

Monseigneur Lance approuva chaudement cette proposition.

Monsieur Malpoli accepta sans enthousiasme.

Le dragon était une bête vraiment féroce et effrayante.

Monsieur Malpoli l'observa avec horreur alors qu'il brûlait entièrement une maison en crachant du feu.

– Avez-vous des suggestions ? demanda monsieur Malpoli, plein d'espoir.

– Bien sûr ! s'exclama monsieur Costaud. Poussez-vous, j'ai besoin d'une grange !

Monsieur Costaud sortit à toute vitesse et trouva une grange vide, qu'il retourna et remplit avec l'eau des douves. Puis il la renversa sur le dragon.

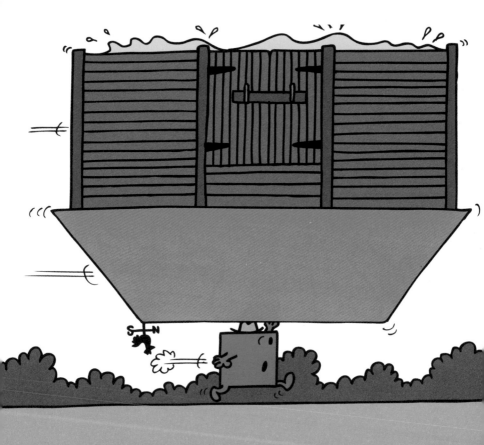

Il y eut alors un sifflement puissant, puis un long grésillement.

Le dragon trempé essaya de cracher du feu mais son feu intérieur s'était éteint, il était devenu inoffensif.

– Hourra ! cria la foule.

Monseigneur Lance fut si reconnaissant qu'il offrit
la moitié de son royaume à monsieur Malpoli.
Mais monsieur Malpoli expliqua qu'il était la personne
la plus riche du monde et qu'il était tout à fait capable
de s'acheter une moitié de royaume lui-même !

– Cependant, ajouta-t-il, je voudrais devenir chevalier.

Qu'à cela ne tienne, monseigneur Lance adouba
monsieur Malpoli.

Ce fut l'un des plus grands moments de sa vie.

Et monsieur Malpoli n'était pas près de laisser
qui que ce soit oublier son adoubement !
Ou plutôt… monseigneur Malpoli !

RÉUNIS VITE LA COLLECTION ENTIÈRE

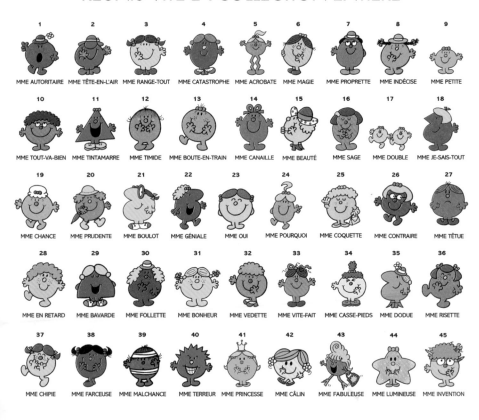

DES **MONSIEUR MADAME**

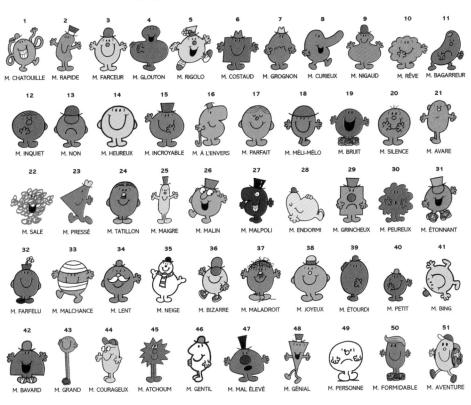

1 M. CHATOUILLE
2 M. RAPIDE
3 M. FARCEUR
4 M. GLOUTON
5 M. RIGOLO
6 M. COSTAUD
7 M. GROGNON
8 M. CURIEUX
9 M. NIGAUD
10 M. RÊVE
11 M. BAGARREUR

12 M. INQUIET
13 M. NON
14 M. HEUREUX
15 M. INCROYABLE
16 M. À L'ENVERS
17 M. PARFAIT
18 M. MÉLI-MÉLO
19 M. BRUIT
20 M. SILENCE
21 M. AVARE

22 M. SALE
23 M. PRESSÉ
24 M. TATILLON
25 M. MAIGRE
26 M. MALIN
27 M. MALPOLI
28 M. ENDORMI
29 M. GRINCHEUX
30 M. PEUREUX
31 M. ÉTONNANT

32 M. FARFELU
33 M. MALCHANCE
34 M. LENT
35 M. NEIGE
36 M. BIZARRE
37 M. MALADROIT
38 M. JOYEUX
39 M. ÉTOURDI
40 M. PETIT
41 M. BING

42 M. BAVARD
43 M. GRAND
44 M. COURAGEUX
45 M. ATCHOUM
46 M. GENTIL
47 M. MAL ÉLEVÉ
48 M. GÉNIAL
49 M. PERSONNE
50 M. FORMIDABLE
51 M. AVENTURE

Retrouve tous tes héros sur
www.hachette-jeunesse.com

Traduction : Anne Marchand Kalicky.
Édité par Hachette Livre, 58 rue Jean Bleuzen 92178 Vanves Cedex.
Dépôt légal : septembre 2016.
Loi n° 49-956 du 16 juillet 1949 sur les publications destinées à la jeunesse.
Achevé d'imprimer par Canale en Roumanie.